Analyse de l'œuvre

Par Claire Cornillon
et Florence Balthasar

Le Jeu de l'amour et du hasard

de Marivaux

lePetitLittéraire.fr

Rendez-vous sur lepetitlitteraire.fr et découvrez :

Plus de 1200 analyses
Claires et synthétiques
Téléchargeables en 30 secondes
À imprimer chez soi

MARIVAUX

DRAMATURGE ET ROMANCIER FRANÇAIS

- **Né en 1688 à Paris**
- **Décédé en 1763 dans la même ville**
- **Quelques-unes de ses œuvres :**
  - *La Double Inconstance* (1723), pièce de théâtre
  - *L'Île des esclaves* (1725), pièce de théâtre
  - *Les Fausses Confidences* (1737), pièce de théâtre

Pierre Carlet de Chamblain de Marivaux nait à Paris en 1688. Il fait des études de droit, mais n'exercera jamais. En revanche, il écrit des articles, des romans et surtout des pièces de théâtre, en particulier pour les comédiens italiens entre 1720 et 1740 : *La Double Inconstance*, *L'Île des esclaves* ou *Les Fausses Confidences*. Les jeunes gens qui peuplent ses pièces sont pris dans des aventures complexes par crainte de dévoiler leurs sentiments. Les jeux de masques auxquels ils se livrent, et l'usage qu'ils font du langage de la galanterie ont donné naissance au terme « marivaudage ».

Marivaux meurt en 1763.

LE JEU DE L'AMOUR ET DU HASARD

L'AVEU DE L'AMOUR

- **Genre :** pièce de théâtre (comédie)
- **Édition de référence :** *Le Jeu de l'amour et du hasard*, Paris, Gallimard, coll. « Folio théâtre », 1994, 192 p.
- **1re édition :** 1730
- **Thématiques :** amour, classes sociales, déguisement, langage, manipulation

Œuvre de maturité où l'intrigue amoureuse ne trouve comme obstacle que la propre comédie que jouent les personnages, *Le Jeu de l'amour et du hasard* est une comédie en trois actes jouée pour la première fois par les comédiens italiens de Paris en 1730. Elle met en scène un couple de jeunes gens, Silvia et Dorante, que leurs pères ont promis l'un à l'autre mais qui, par crainte de ne pas aimer leur prétendant, décident de se déguiser en valet pour sonder le cœur de la personne qui leur est destinée. Étonnés tous deux de tomber amoureux d'un valet et d'une soubrette, ils finissent par se révéler leur identité, faisant tomber tout obstacle à leur amour.

RÉSUMÉ

ACTE I

La scène est à Paris. Une jeune femme, Silvia, se dispute avec sa servante, Lisette. Celle-ci a dit à son père, M. Orgon, que Silvia serait heureuse de se marier, ce qui n'est pas le cas. « Il n'y a peut-être que vous de fille au monde, pour qui ce oui-là ne soit pas vrai, le non n'est pas naturel », lui répond Lisette (scène i). Silvia décrit les désavantages du mariage en citant les cas de couples qu'elle connait. Elle craint de ne pas aimer celui à qui on la destine.

M. Orgon annonce à sa fille que son prétendant arrive le jour même, et Silvia lui propose un artifice pour pouvoir sonder le cœur de cet homme qu'elle épousera peut-être : « Dorante arrive ici aujourd'hui, si je pouvais le voir, l'examiner un peu sans qu'il me connût ; Lisette a de l'esprit, Monsieur, elle pourrait prendre ma place pour un peu de temps, et je prendrais la sienne. » (scène ii) Orgon accepte et suggère dans un aparté qu'il en sait plus qu'il ne le dit à sa fille.

En effet, Orgon informe ensuite Mario, le frère de Silvia, que Dorante, le prétendant, a eu la même idée que sa fille et se présentera à eux sous l'identité de son valet. Arrive alors Dorante, qui se fait passer pour un dénommé Bourguignon. Il rencontre Silvia. Mario, fort de sa connaissance de la situation, en profite pour les taquiner : « Mais il me semble que ce nom de Mademoiselle qu'il te donne est bien sérieux, entre gens comme vous, le style des compliments ne doit pas être si grave, vous seriez toujours sur le qui-vive ;

allons traitez-vous plus commodément. » (scène VI) Seuls, Dorante et Silvia conversent et se plaisent mutuellement, mais chacun rejette les avances de l'autre sous prétexte d'avoir juré d'épouser une personne de condition : « Parbleu, cela est plaisant, ce que tu as juré pour homme, je l'ai juré pour femme moi, j'ai fait serment de n'aimer sérieusement qu'une fille de condition. » (scène VII)

Le valet de Dorante, Arlequin, qui joue le rôle du maitre, fait son entrée et déplait fortement à Silvia. « On est homme de mérite à bon marché chez vous, ce me semble ? », fait remarquer la jeune femme à Bourguignon (scène VIII). Dorante reproche d'ailleurs à son valet dans la scène suivante ses mauvaises manières.

ACTE II

Lisette vient prévenir Orgon qu'elle est en train de gagner le cœur du faux Dorante : « Je vous le répète encore, le cœur de Dorante va bien vite ; tenez, actuellement je lui plais beaucoup, ce soir il m'aimera, il m'adorera demain, je ne le mérite pas. » (scène I) Orgon lui répond que si c'est le cas, il consentira au mariage : « Renverse, ravage, brûle, enfin épouse, je te le permets si tu le peux. » (*ibid.*) Arlequin avoue ses sentiments à Lisette. Dorante intervient pour réprimander Arlequin, puis quitte la scène, laissant la conversation galante entre les deux serviteurs reprendre. « Pour les fortifier de part et d'autre jurons-nous de nous aimer toujours en dépit de toutes les fautes d'orthographe que vous aurez faites sur mon compte », dit Arlequin à Lisette (scène V).

Entre Silvia, qui veut parler à Lisette pour lui dire son refus d'épouser celui qu'elle croit être Dorante : « Est-il nécessaire de le voir deux fois pour juger du peu de convenance ? » (scène VII) Lisette, elle, se méfie de Bourguignon qui est, selon elle, « raisonneur » (*ibid.*). Elle a vu clair dans les sentiments de Silvia envers le faux valet, ce qui met sa maitresse hors d'elle. Cette dernière exprime sa colère dans un monologue.

Dorante se déclare, mais Silvia, qui pense qu'il est un valet, repousse ses avances. Dorante finit par lui avouer sa véritable identité alors que Silvia continue à jouer son jeu. Elle s'empresse d'annoncer la nouvelle à son frère Mario.

ACTE III

Arlequin informe Dorante qu'il compte épouser celle qu'il croit être Silvia. Mario continue son jeu en provoquant Dorante comme s'il était son rival pour gagner le cœur de la fausse Lisette. Silvia veut continuer le jeu jusqu'au bout : « Je veux un combat entre l'amour et la raison » (scène VI), dit-elle à son père.

Orgon donne son accord à Lisette pour qu'elle épouse le faux Dorante. Le valet et la soubrette s'avouent leur identité : « Le soldat d'antichambre de Monsieur vaut bien la coiffeuse de Madame », dit Lisette (*ibid.*).

Dorante, qui croit toujours que Silvia est une soubrette, lui annonce qu'il souhaite l'épouser malgré sa condition, et celle-ci, parvenue à ses fins, finit par lui révéler qui elle est réellement. La confusion dissipée, les deux couples se forment, et chacun retrouve sa position sociale. C'est ainsi que Silvia se marie avec Dorante, et Arlequin avec Lisette.

ÉTUDE DES PERSONNAGES

SILVIA ET DORANTE

Silvia et Dorante forment le couple de jeunes gens au cœur de la pièce. Ils sont promis l'un à l'autre, mais ne se connaissent pas. Craignant que la personne qui leur est destinée ne leur déplaise, ils inventent une comédie pour l'observer à leur aise. Silvia devient donc Lisette, une soubrette, tandis que Dorante prend la place de Bourguignon, un valet.

Silvia est une jeune femme de caractère. Elle essaie d'avoir le dessus. Elle avouera d'ailleurs en dernier lieu son identité. Elle recherche l'amour et craint le mariage arrangé. Dorante, lui, est un jeune homme honnête qui n'hésite pas à demander en mariage celle qu'il croit être une servante. « Quoi, vous m'épouserez malgré ce que vous êtes, malgré la colère d'un père, malgré votre fortune ? », s'exclame Silvia (acte III, scène VIII). Il correspond bien à la description que fait de lui Lisette dans la première scène de l'acte I : « On dit que votre futur est un des plus honnêtes du monde, qu'il est bien fait, aimable, de bonne mine, qu'on ne peut pas avoir plus d'esprit, qu'on ne saurait être d'un meilleur caractère. » En effet, il se plie à la volonté de Silvia, mais manie aussi bien qu'elle le langage de la galanterie et montre ainsi souvent son habileté dans le duel langagier qui l'oppose à sa promise. Tous deux ont beaucoup de points communs, comme leur stratagème le prouve.

Ces deux personnages pensent chacun mener le jeu, mais, non seulement ils se manipulent l'un l'autre, mais ils sont manipulés par d'autres protagonistes. La comédie leur échappe. Marivaux ne construit pas ici une comédie de l'amour empêché, mais plutôt une comédie qui se fonde sur la découverte et, surtout, sur la reconnaissance de l'amour. Pour ces deux personnages, et en particulier pour Silvia, il s'agit de comprendre qu'ils aiment et de finir par se l'avouer à eux-mêmes. « Cette éternelle surprise de l'amour » est, comme l'écrivait d'Alembert (mathématicien et philosophe français, 1717-1783), le « sujet unique des comédies de Marivaux » (*Éloge de Marivaux*, 1785).

LISETTE ET ARLEQUIN

Lisette et Arlequin sont les serviteurs. Ils se construisent comme une caricature du couple des maitres. Le valet et la soubrette, impliqués dans la mise en scène de Silvia et Dorante, se voient eux aussi contraints de jouer un rôle. Leurs scènes en duo sont comme des mauvais reflets des dialogues entre leurs maitres, des scènes galantes dégradées qui parodient leur langage. Arlequin, en particulier, ne joue pas très bien son rôle ; ses manières ne sont pas celles d'un maitre, ce que lui reprochent constamment Dorante et Silvia. Le discours galant qu'il tient à Lisette est ponctué de formules plus orales ou familières qui tranchent avec le niveau de langue requis dans cette situation : « Cher joujou de mon âme ! Cela me réjouit comme du vin délicieux, quel dommage, de n'en avoir que roquille ! », s'écrie Arlequin (acte II, scène III).

Ces deux personnages peuvent être rapprochés de ceux d'une autre pièce de Marivaux, *L'Île des esclaves*. Dans cette dernière, le valet, un autre Arlequin, est lui aussi mauvais comédien quand la servante de la pièce, Cléanthis, joue plus aisément avec le langage. Le nom même du serviteur l'introduit dans une certaine tradition qui est celle de la commedia dell'arte, théâtre comique italien surtout fondé sur la pantomime (c'est-à-dire un jeu théâtral sans dialogue, construit uniquement sur les gestes) et l'improvisation autour de figures essentielles comme Arlequin, le valet. Dans la commedia dell'arte, Arlequin porte un costume à losanges multicolores, il est plutôt bête et paresseux, et il incarne un comique bouffon fait de pirouettes ou d'acrobaties. De même, dans la pièce de Marivaux, Arlequin est le valet comique : il fait preuve de naïveté, fanfaronne et prend un malin plaisir à profiter de son rôle de maitre, qu'il joue pourtant très mal. Il est par ailleurs colérique et ne sait pas se maitriser. Déguisé en maitre, il en profite pour traiter avec rudesse les domestiques : « Ah, les sottes gens que nos gens ! », s'exclame-t-il (acte II, scène VI).

Dotés d'un fort caractère, Arlequin et Lisette ne sont pas seulement des entremetteurs ou des intermédiaires comme dans le théâtre de Molière (auteur dramatique français, 1622-1673) : ils s'imposent face à leur maitre, tout en restant des moteurs de la comédie, tournant les attitudes des maitres en dérision et se tournant eux aussi en ridicule par leurs maladresses.

M. ORGON ET MARIO

M. Orgon n'est en rien le vieux barbon des comédies antiques ou du théâtre classique, ni la figure du père autoritaire omniprésente dans le théâtre de Molière. Au contraire, il est un père affectueux et compréhensif qui veut le bonheur de sa fille et accepte ses fantaisies. « Dans le dernier voyage que je fis en province, j'arrêtai ce mariage-là avec son père qui est mon intime et mon ancien ami, mais ce fut à condition que vous vous plairiez à tous deux, et que vous auriez entière liberté de vous expliquer là-dessus », dit-il (acte I, scène II).

Mario, le frère de Silvia, est, quant à lui, un élément perturbateur : il s'amuse de la coïncidence du subterfuge et complexifie l'intrigue pour taquiner sa sœur et son prétendant, les poussant au bout de leur comédie.

Ces deux personnages ont surtout un rôle d'observateurs. Dans la comédie de Marivaux, ce que l'on sait et ce que l'on ne sait pas est essentiel puisqu'il y est affaire de masques et de duperie. Or Orgon connait le stratagème de Dorante et celui de sa fille, et en informe son fils. Ils sont donc les seuls à connaitre la situation, tout comme le spectateur. C'est pourquoi ils sont, en quelque sorte, des spectateurs. Ils observent la scène qui se déroule devant eux avec intérêt et amusement car ils savent ce qui se trame. Mario dit à son père : « C'est une aventure qui ne saurait manquer de nous divertir, je veux me trouver au début, et les agacer tous deux. » (acte I, scène IV) Ils assistent eux aussi à un spectacle : Orgon laisse faire sans intervenir alors que Mario, en revanche, ne peut s'empêcher de pimenter l'affaire.

CLÉS DE LECTURE

UN SAVANT MÉLANGE
ENTRE THÉÂTRE ITALIEN ET FRANÇAIS

Au XVIIIᵉ siècle, le théâtre italien a eu une influence importante en France. Marivaux est l'un des auteurs qui est parvenu au point d'équilibre le plus parfait entre le théâtre à la française et celui de son voisin transalpin, notamment avec sa pièce *Le Jeu de l'amour et du hasard*, chef-d'œuvre en son genre.

Le théâtre italien possède bon nombre de caractéristiques. Dans *Le Jeu de l'amour et du hasard*, l'auteur en reprend quelques-unes :

- Les lazzi, apparentés « à la pantominie [...] sont des gestes, postures et propos qui visent à déclencher le gros rire » (ARON P., SAINT-JACQUES D. & VIALA A., « Commedia dell'arte », in *Le Dictionnaire du littéraire*, p. 111-112). Le personnage d'Arlequin est à lui seul un bon exemple : en prenant la place de Dorante, il en prend certes l'habit, mais pas les manières, ni le langage. Il cherche à se faire passer pour un maitre, ce qui le pousse à la maladresse. Il emploie tantôt des formules trop précieuses, tantôt des termes vulgaires. Ses gestes et postures sont également trop excessifs pour le rang qu'il doit tenir, comme lorsqu'il se met à genoux au pied de Lisette (acte II, scène V). Les déguisements sont également un ressort très utilisé dans ce théâtre ;
- les apartés sont nombreux dans le texte de Marivaux.

Le spectateur devient, par conséquent, le complice des protagonistes. Ils apportent également une dynamique dans le mouvement du corps et dans l'occupation scénique. Les acteurs s'éloignent les temps d'un aparté ou se tournent vers le public ;

- le jeu italien est basé sur la spontanéité et sur le jeu des acteurs, et non sur la déclamation du texte comme il est souvent d'usage dans le théâtre français. Les dialogues se veulent donc plus réalistes, plus fluides, des caractéristiques que l'on retrouve dans la pièce étudiée. L'utilisation des mots relais est un moyen de simplifier la prise de parole, « C'est que » ou « Eh bien » (acte I, scène I).

En France, l'art théâtral s'attache surtout à rendre le plus justement possible la réalité du monde contemporain :

- les auteurs choisissent des thématiques ancrées dans le vécu des spectateurs. Ces derniers peuvent dès lors s'identifier aux personnages et se plonger dans l'histoire jouée. Marivaux opte pour le thème bourgeois du mariage arrangé. À l'époque, les mariages sont toujours arrangés, mais les familles se soucient de plus en plus de la bonne attente entre les futurs époux ;
- les auteurs ne se limitent pas à un ou deux thèmes privilégiés, comme c'est le cas dans la commedia dell'arte. Les thèmes sont variés et nouveaux, voire révolutionnaires. Dans *Le Jeu de l'amour et du hasard*, Dorante est prêt à remettre en question les valeurs de son époque par amour pour une soubrette.

Afin de parvenir à l'harmonie, Marivaux ne s'est pas contenté de combiner de grands traits propres à l'un ou l'autre théâtre. Il s'est appliqué jusque dans les détails, notamment par le choix des noms des personnages. Ainsi, alors que Silvia, Mario et Arlequin nous viennent du théâtre italien, Lisette, Dorante et Orgon sont des personnages typiques du répertoire français. Chaque couple de protagonistes est donc formé d'un « italien » et d'un « français ».

JEUX DE MASQUES

Le théâtre de Marivaux, et en particulier *Le Jeu de l'amour et du hasard*, repose sur la comédie et le travestissement. Tout le paradoxe étant que la comédie est ici censée révéler la vérité. Silvia estime que l'on ne peut faire confiance à un homme parce que tout le monde joue un rôle en société et que ce rôle n'a parfois rien à voir avec la personne que l'on est réellement : « En un mot, je ne lui demande qu'un bon caractère, et cela est plus difficile à trouver qu'on ne pense ; on loue beaucoup le sien, mais qui est-ce qui a vécu avec lui ? Les hommes ne se contrefont-ils pas ? », dit-elle à Lisette (acte I, scène I).

Pourtant, elle choisit elle aussi de jouer un personnage et d'obtenir ce qu'elle souhaite par le biais du mensonge et de la tromperie. En effet, elle continue à manipuler Dorante même lorsque celui-ci a révélé sa véritable identité. Mais nous sommes dans une comédie, et le hasard fait bien les choses car l'amour est réciproque, et l'ordre est finalement rétabli. Les comédies de Marivaux mènent au mariage et le véritable sujet des pièces est la naissance du sentiment amoureux.

Il n'y a en fait aucun obstacle à l'amour dans cette pièce si ce n'est ceux qui ont été dressés par les amoureux eux-mêmes. C'est pourquoi l'intrigue repose sur le principe de l'arroseur arrosé. Celui qui manipule est en fait lui-même manipulé. Ceci explique le trouble de Silvia au milieu de la pièce avant qu'elle ne parvienne à s'avouer ses propres sentiments : « Ah, que j'ai le cœur serré ! je ne sais ce qui se mêle à l'embarras où je me trouve, toute cette aventure-ci m'afflige, je me défie de tous les visages, je ne suis contente de personne, je ne le suis pas de moi-même. » (acte II, scène XII)

Plus encore, ce type de comédie induit un rapport au spectateur tout à fait spécifique car celui-ci est le seul à connaitre les stratagèmes de chacun des personnages ainsi que leur évolution et à s'en délecter. Il est en position de supériorité par rapport aux personnages. Et ce qui pourrait devenir une situation d'ironie tragique et un amour impossible n'est à ses yeux qu'une coïncidence charmante.

Le travestissement qui a lieu dans la pièce n'est pas anodin : il s'agit d'un maitre qui prend la place d'un valet et inversement. Le comique de cette situation vient donc de sa dimension carnavalesque : pour un temps, les statuts sociaux sont inversés. Les maitres sont donc réduits au rang de valets et expérimentent leur condition, quand les valets, soudainement libérés, se moquent de leurs maitres. Mais tout cela n'est que passager, et l'ordre est rétabli à la fin de la pièce.

UNE COMÉDIE DU LANGAGE

Dans *Le Jeu de l'amour et du hasard*, le rire nait de l'écart entre la perception des protagonistes et celle des spectateurs.

Ces derniers ont une vue d'ensemble de la situation : ils ont toutes les ficelles en main pour comprendre, tandis que les protagonistes ne connaissent qu'une partie du stratagème. La duperie crée des malaises chez chacun des personnages, tandis que le spectateur se régale des quiproquos qui se jouent sur scène. Mario dupe notamment sa sœur : lorsque celle-ci lui annonce connaitre la véritable identité de Dorante, il feint l'étonnement (acte II, scène XIII). Il s'agit là du comique de situation.

Le langage est une autre source intarissable provoquant le rire. La scène VIII de l'acte I illustre la maladresse d'Arlequin dans sa maitrise du langage. Dès son entrée, Arlequin se trouve face à Dorante et à Silvia dont la langue trahit le niveau social. Le valet déguisé en maitre utilise des formules familières, voire vulgaires. Mais si c'est Dorante qui profère des injures à son valet (acte III, scène I), elles sont habilement détournées par celui-ci, ce qui ne manque pas d'amener les rires des spectateurs. Le comique de mots apparait également lorsqu'Arlequin s'adresse à Lisette en faisant preuve d'une galanterie excessive, telle une précieuse ridicule de la pièce éponyme de Molière. Il file la métaphore de la « mère » : « un amour de votre façon ne reste pas longtemps au berceau ; votre premier coup d'œil a fait naitre le mien, le second lui a donné des forces et le troisième l'a rendu grand garçon » (acte II, scène III). Dans ces phrases, se côtoient régulièrement tournures galantes et formules du peuple.

Cette maladresse suscite donc le rire des spectateurs, mais elle contraste avec l'aisance et la subtilité de Dorante qui charme Silvia. Le langage dévoile rapidement l'appartenance sociale des protagonistes. Les maitres ont, eux aussi, de nombreuses difficultés à enfiler l'habit des valets : censé d'emblée tutoyer Silvia, Dorante s'adresse à elle en disant : « Je n'en serai pas moins votre serviteur », ce qui amuse énormément Mario (acte I, scène VI).

Instrument du rire et de l'identification sociale, le langage se révèle aussi être l'outil du pouvoir et de la manipulation. La pièce de Marivaux fait régulièrement s'opposer deux personnages dans des duels verbaux. Ceux-ci permettent à chaque parti de jauger son adversaire et de sonder ses sentiments ainsi que ses valeurs. Les valets profitent également de leur position momentanée pour se jouer de leur maitre. Lisette prend plaisir à fâcher Silvia à propos de ses sentiments pour un valet (acte II, scène VII), alors qu'Arlequin fait preuve d'une impertinence folle en s'adressant à Dorante. Cette situation d'inversion des rôles ne peut manquer de faire sourire le spectateur.

Le spectateur est cependant dans la confidence et sait que ce jeu de pouvoir est vain. Chaque protagoniste joue en effet un rôle qui ne permet pas aux protagonistes d'être sincères. Nait ainsi un double discours. Les apartés sont les moments où le cœur et les sentiments sont révélés aux spectateurs omniscients. Une complicité se crée alors entre acteurs et spectateurs. L'orgueilleuse Silvia ne révèle ses sentiments qu'au public complice : « Ce garçon-ci n'est pas sot, et je ne plains pas la soubrette qui l'aura » (acte I, scène VII), dit-elle ; ou encore, « Ah ! que j'ai le cœur serré ! Je ne sais ce qui se mêle à l'embarras où je me trouve ; toute cette aventure-ci m'afflige » (acte II, scène XII).

Enfin, Le langage est un instrument de séduction : Marivaux en a fait l'une de ses spécialités. Le marivaudage est considéré comme « un mélange délicat de grâce et de sentimentalité » (« Marivaudage », in *Le Dictionnaire du littéraire*, p. 368-369).

Les personnages marivaudiens manient l'art de la conversation galante avec brio. L'auteur est en effet parvenu à décliner toute la palette des sentiments amoureux, de la naissance à la révélation, en passant par les affres du dépit amoureux et de l'amour propre. Lors de leurs premiers échanges, Silvia et Dorante sont dans l'idéalisation de l'un et de l'autre (acte I, scène VII). La longue étape de la séduction les occupe tout le premier acte. Ensuite viennent les doutes et la négation des sentiments qui contrarient l'ordre social établi. Le dépit vient assez rapidement, notamment lorsque Dorante est convaincu que Silvia préfère Mario, son supposé second prétendant (« Je ne saurais empêcher qu'il ne t'aime, belle Lisette, mais je ne veux pas qu'il te le dise », acte III, scène III). Silvia, quant à elle, démontre tout son amour-propre en poussant Dorante à se déclarer sans pour autant faire tomber le masque.

Avec *Le Jeu de l'amour et du hasard*, Marivaux dévoile tout son talent pour peindre les sentiments amoureux et en arriver à l'aveu.

MAITRES ET VALETS

Déjà au XVIIe siècle, avec Molière notamment, les relations maitre-valet avaient donné matière à bon nombre d'intrigues. Marivaux s'inscrit dans ce mouvement et fait de cette relation un pilier essentiel dans cette pièce comme dans d'autres de son répertoire.

La soubrette ou le valet occupe une place privilégiée dans la vie des maitres. Ils sont certes inférieurs à ceux-ci et doivent être à leur entière disposition, mais ils deviennent souvent leurs confidents. Force est de constater qu'ils sont les plus proches des maitres puisqu'ils les suivent dans leur vie quotidienne, dans leurs joies et leurs peines. Leur importance les mène parfois à défier l'autorité des maitres : « Si j'étais votre égale, nous verrions », dit Lisette à Silvia lors d'une conversation animée entre les deux femmes (acte I, scène I). Dans la pièce de Marivaux, Lisette et Arlequin deviennent même les complices des subterfuges de leur maitre respectif. Sans eux, l'intrigue ne pourrait pas avoir lieu. La comédie repose en effet sur l'échange des rôles entre valets et maitres le temps que les promis se jaugent.

Un sujet d'apparence si anodin pousse cependant à la réflexion, et Marivaux dénonce le poids des convenances.

- À l'époque, un retour à la sphère privée s'opère, qui jusque-là était laissée de côté au profit de la sphère publique. Ainsi, au sein de la haute société, le plus important était de paraitre plutôt que d'être : des bals, réunions et repas étaient donnés tous les jours, et une absence à ce type d'évènement était jugée et interprétée par tous. De nombreuses personnes continuent donc de jouer un rôle en société. Silvia justifie d'ailleurs ses craintes face au mariage en dénonçant cette fausseté : un homme peut avoir l'air respectable et pourtant être le plus mauvais des maris. Malgré cette dénonciation, elle utilise, elle aussi, le mensonge pour rencontrer et tester son promis. Lisette ainsi qu'Arlequin ont cherché à profiter du subterfuge de leur maitre respectif pour monter les échelons de la société en faisant un bon mariage. Ils ont tous deux menti dans ce but. M. Orgon, quant à lui, a laissé Lisette séduire celui qu'elle pensait être un maitre et l'a même encouragée, entretenant son espoir d'ascension sociale. Le mensonge est ainsi un moyen de paraitre. Marivaux dénonce donc la domination de ce paraitre dans la société et dans les relations amoureuses.

- L'aspect contestataire de la pièce se trouve aussi dans une réflexion plus large sur l'aliénation sociale. Les personnages sont soumis à une hiérarchisation figée : tandis que les valets aspirent à gravir les échelons, les maitres les considèrent comme inférieurs. Silvia et Dorante vont ainsi être confrontés à un dilemme alors qu'ils ne connaissent pas encore l'identité de l'autre : vont-ils ou non succomber à l'amour au prix d'une mésalliance, en faisant fi des préjugés ? Dorante déclare à Silvia, la « soubrette » : « Mon père pardonnera dès qu'il vous aura vue ; ma fortune nous suffit à tous deux, et le mérite vaut bien la naissance. » (acte III, scène VIII)

Marivaux conteste la rigidité de la hiérarchie et le poids des convenances. Il oppose la raison sociale à la primauté des sentiments amoureux. Cependant, même si Dorante est prêt à abandonner la raison pour l'amour de Silvia, les masques tombent très vite et tout rentre finalement dans l'ordre : les maitres se marient entre eux et les valets en font de même.

PISTES DE RÉFLEXION

QUELQUES QUESTIONS POUR APPROFONDIR SA RÉFLEXION...

- Pourquoi Silvia imagine-t-elle le stratagème du déguisement ? De quoi a-t-elle peur quand on lui annonce la possibilité de son mariage ? Pensez-vous que ses craintes soient justifiées ?
- Analysez le dialogue entre Lisette et Arlequin dans les scènes III et v de l'acte II, et comparez-le aux dialogues entre Silvia et Dorante.
- Mario a connaissance du travestissement des deux jeunes gens. Quel rôle choisit-il alors de jouer ? Connaissez-vous d'autres pièces ou d'autres œuvres dans lesquelles un personnage joue un rôle similaire ? À votre avis, quel intérêt Marivaux trouve-t-il à mettre en scène un tel personnage ?
- Quelle figure de père Orgon incarne-t-il ? Comparez ce personnage aux personnages de pères chez Molière.
- Comment les deux maitres, Silvia et Dorante, traitent-ils leurs valets ? Qu'en pensez-vous ?
- Quels sont les grands thèmes de cette pièce ? Sont-ils toujours d'actualité ?
- À quel public s'adressait cette pièce ? La contestation sociale de Marivaux a-t-elle trouvé un écho avec ce public ? Pensez-vous que la pièce était politiquement ou moralement engagée ?
- Comparez l'inversion des rôles maitres/serviteurs avec la situation qu'on trouve dans *L'Île des esclaves*.
- Comparez l'intrigue du *Jeu de l'amour et du ha-*

sard avec celle d'une autre pièce de Marivaux comme *Les Fausses Confidences* ou *La Double Inconstance.* Quels sont les points communs entre ces pièces ?

- Le marivaudage est aujourd'hui considéré comme un art de la conversation galante apte à traduire toutes les nuances de l'émotion amoureuse. Comment les contemporains de Marivaux, comme Voltaire (auteur français, 1694-1778), définissaient-ils cet art ? Partageaient-ils ce point de vue ? Et par la suite, qu'en a-t-on pensé ?

Votre avis nous intéresse !
Laissez un commentaire sur le site de votre librairie en ligne
et partagez vos coups de cœur sur les réseaux sociaux !

POUR ALLER PLUS LOIN

ÉDITION DE RÉFÉRENCE

- Marivaux, *Le Jeu de l'amour et du hasard*, Paris, Gallimard, 1994.

ÉTUDES DE RÉFÉRENCE

- Aron P., Saint-Jacques D. & Viala A., « Commedia dell'arte », « Marivaudage » et « Théâtre », in *Le Dictionnaire du littéraire*, Paris, Presses universitaires de France, 2002.
- Lobo Montoya A., « *Le Jeu de l'amour et du hasard* de Marivaux et la mimésis comique », in *Revista de Lengua Moderna*, 2014, 20, p. 133-140, consulté le 19 octobre 2016, http://kimuk.conare.ac.cr/Record/PUCR_53fac8c1842ebfcb7ad9eef42a31f68c

SUR LEPETITLITTÉRAIRE.FR

- Commentaire portant sur la scène III de l'acte II du *Jeu de l'amour et du hasard*.
- Commentaire portant sur la scène XI de l'acte II de *La Double Inconstance* de Marivaux.
- Fiche de lecture sur *Les Fausses Confidences* de Marivaux.
- Fiche de lecture sur *L'Île des esclaves* de Marivaux.
- Fiche de lecture sur *La Double Inconstance*.
- Fiche de lecture sur *La Fausse Suivante ou le Fourbe puni* de Marivaux.
- Fiche de lecture sur *La Dispute* de Marivaux.

- Fiche de lecture sur *Les Acteurs de bonne foi* de Marivaux.
- Questionnaire de lecture sur *Les Fausses Confidences*.
- Questionnaire de lecture sur La Double Inconstance.
- Questionnaire de lecture sur La Dispute.

https://www.lepetitlitteraire.frl

SBN version numérique : 978-2-8062-9071-7
ISBN version papier : 978-2-8062-9072-4
Dépôt légal : D/2016/12603/831

Avec la collaboration de Florence Balthasar pour les chapitres suivants : « Un savant mélange entre théâtre italien et français », « Une comédie du langage » et « Maitres et valets ».

Conception numérique : Primento,
le partenaire numérique des éditeurs.

Ce titre a été réalisé avec le soutien de la Fédération Wallonie-Bruxelles, Service général des Lettres et du Livre.

DUMAS
• Les Trois
  Mousquetaires

ÉNARD
• Parlez-leur
  de batailles,
  de rois et
  d'éléphants

FERRARI
• Le Sermon sur la
  chute de Rome

FLAUBERT
• Madame Bovary

FRANK
• Journal
  d'Anne Frank

FRED VARGAS
• Pars vite et
  reviens tard

GARY
• La Vie devant soi

GAUDÉ
• La Mort du
  roi Tsongor
• Le Soleil des
  Scorta

GAUTIER
• La Morte
  amoureuse
• Le Capitaine
  Fracasse

GAVALDA
• 35 kilos d'espoir

GIDE
• Les
  Faux-Monnayeurs

GIONO
• Le Grand
  Troupeau
• Le Hussard
  sur le toit

GIRAUDOUX
• La guerre de
  Troie
  n'aura pas lieu

GOLDING
• Sa Majesté des
  Mouches

GRIMBERT
• Un secret

HEMINGWAY
• Le Vieil Homme
  et la Mer

HESSEL
• Indignez-vous !

HOMÈRE
• L'Odyssée

HUGO
• Le Dernier Jour
  d'un condamné
• Les Misérables
• Notre-Dame
  de Paris

HUXLEY
• Le Meilleur
  des mondes

IONESCO
• Rhinocéros
• La Cantatrice
  chauve

JARY
• Ubu roi

JENNI
• L'Art français
  de la guerre

JOFFO
• Un sac de billes

KAFKA
• La Métamorphose

KEROUAC
• Sur la route

KESSEL
• Le Lion

LARSSON
• Millenium 1. Les
  hommes qui
  n'aimaient pas
  les femmes

LE CLÉZIO
• Mondo

LEVI
• Si c'est un
  homme

LEVY
• Et si c'était vrai…

MAALOUF
• Léon l'Africain

MALRAUX
- La Condition humaine

MARIVAUX
- La Double Inconstance
- Le Jeu de l'amour et du hasard

MARTINEZ
- Du domaine des murmures

MAUPASSANT
- Boule de suif
- Le Horla
- Une vie

MAURIAC
- Le Nœud de vipères

MAURIAC
- Le Sagouin

MÉRIMÉE
- Tamango
- Colomba

MERLE
- La mort est mon métier

MOLIÈRE
- Le Misanthrope
- L'Avare
- Le Bourgeois gentilhomme

MONTAIGNE
- Essais

MORPURGO
- Le Roi Arthur

MUSSET
- Lorenzaccio

MUSSO
- Que serais-je sans toi ?

NOTHOMB
- Stupeur et Tremblements

ORWELL
- La Ferme des animaux
- 1984

PAGNOL
- La Gloire de mon père

PANCOL
- Les Yeux jaunes des crocodiles

PASCAL
- Pensées

PENNAC
- Au bonheur des ogres

POE
- La Chute de la maison Usher

PROUST
- Du côté de chez Swann

QUENEAU
- Zazie dans le métro

QUIGNARD
- Tous les matins du monde

RABELAIS
- Gargantua

RACINE
- Andromaque
- Britannicus
- Phèdre

ROUSSEAU
- Confessions

ROSTAND
- Cyrano de Bergerac

ROWLING
- Harry Potter à l'école des sorciers

SAINT-EXUPÉRY
- Le Petit Prince
- Vol de nuit

SARTRE
- Huis clos
- La Nausée
- Les Mouches

SCHLINK
- Le Liseur

Schmitt
- La Part de l'autre
- Oscar et la
  Dame rose

Sepulveda
- Le Vieux qui
  lisait des romans
  d'amour

Shakespeare
- Roméo et Juliette

Simenon
- Le Chien jaune

Steeman
- L'Assassin
  habite au 21

Steinbeck
- Des souris et
  des hommes

Stendhal
- Le Rouge et
  le Noir

Stevenson
- L'Île au trésor

Süskind
- Le Parfum

Tolstoï
- Anna Karénine

Tournier
- Vendredi ou
  la Vie sauvage

Toussaint
- Fuir

Uhlman
- L'Ami retrouvé

Verne
- Le Tour
  du monde
  en 80 jours
- Vingt mille
  lieues sous
  les mers
- Voyage au
  centre de
  la terre

Vian
- L'Écume des jours

Voltaire
- Candide

Wells
- La Guerre des
  mondes

Yourcenar
- Mémoires
  d'Hadrien

Zola
- Au bonheur
  des dames
- L'Assommoir
- Germinal

Zweig
- Le Joueur
  d'échecs